AFJ313716

16 février 1888

VENTE DU 16 FÉVRIER 1888
(HOTEL DROUOT)

CATALOGUE

DE

LIVRES ILLUSTRÉS

DES XVIIIe ET XIXe SIÈCLES

ET

DE SUITES DE FIGURES

COMPOSANT

LA BIBLIOTHÈQUE DE M.***

PARIS

LABITTE, ÉM. PAUL ET Cie

LIBRAIRES DE LA BIBLIOTHÈQUE NATIONALE

4, RUE DE LILLE, 4

1888

LA VENTE AURA LIEU

LE JEUDI 16 FÉVRIER 1888

à deux heures précises

HOTEL DES COMMISSAIRES-PRISEURS, 9, RUE DROUOT

SALLE N° 4

Par le Ministère de M° **MAURICE DELESTRE**, Commissaire-Priseur

27, RUE DROUOT

Assisté de **M. Ém. PAUL**, libraire-expert

4, RUE DE LILLE

CONDITIONS DE LA VENTE

La vente se fait expressément au comptant.

Les acquéreurs payeront 5 p. 100 en sus des enchères, applicables aux frais.

Il y aura exposition le jour de la vente, de 1 à 2 heures.

Les livres et les suites de gravures devront être collationnés dans les vingt-quatre heures de l'adjudication. Passé ce délai, ou une fois sortis de la salle de vente, ils ne seront repris pour aucune cause.

M. Ém. PAUL, chargé de la vente, remplira les commissions des personnes qui ne pourraient y assister.

CATALOGUE

DE

LIVRES ILLUSTRÉS

DES XVIIIᵉ ET XIXᵉ SIÈCLES

ET DE SUITES DE FIGURES

COMPOSANT

LA BIBLIOTHÈQUE DE M****

1. ANTHOLOGIE des poètes français depuis le xvᵉ siècle jusqu'à nos jours. *Paris, Lemerre, s. d.* in-12, br.

    Exemplaire sur PAPIER DE CHINE.

2. ARIOSTE. Roland furieux, traduit par le comte de Tressan. *Paris, Nepveu,* 1822, 3 vol. in-8, portr. fig. par Colin grav. par Blanchard, Pauquet, etc. demi-rel. v. r. tr. marb. (*Brigandat.*)

3. ART POUR TOUS. *Paris, Morel,* 1869-1873, in-fol. figures, en livraisons.

    IXᵉ, Xᵉ, XIᵉ et XIIᵉ années en livraisons, avec les tables et les couvertures.

4. BALZAC (H. de). Petites Misères de la vie conjugale. illustrées par Bertall. *Paris, Chlendowski, s. d.* in-8, fig. demi-rel. mar. vert avec coins, dos orné, fil. tête dor. ébarbé. (*Allô.*)

5. BATISSIER. Histoire de l'art monumental dans l'antiquité et au moyen âge, suivie d'un traité de la peinture sur verre. *Paris, Furne,* 1845, in-8, fig. en feuilles.

    Taches de rouille.

6. BEAUHARNAIS (Fanny de). Volsidor et Zulménie, conte pour rire, moral si l'on veut et philosophique en cas de besoin. *Amsterdam et Paris, Delalain,* 1776, 2 parties en 1 vol. in-8, 2 front. de Marillier, vél. blanc. tr. dor.

C

1

7. BEAUMARCHAIS. Suite de 5 figures dont 1 portrait, dessinées et gravées à l'eau-forte par G. Cain, pour le *Barbier de Séville*. *Paris, Conquet*, 1877, gr. in-8, dans un carton.

Épreuves AVANT LA LETTRE SUR CHINE VOLANT. Le portrait est en 2 états. Tiré à 30 exemplaires.

8. BÉRANGER. Chansons morales et autres. *Paris, Eymery*, 1816, in-18, front. et titre gr. demi-rel. v. viol.

ÉDITION ORIGINALE, fort rare.
Exemplaire avec le titre gr. fortement rogné à la marge supérieure, et avec les pages 129 à 137, non rognées.

9. — Chansons anciennes et posthumes. Nouvelle édition populaire, ornée de 161 dessins inédits et de vignettes nombreuses. *Paris, Perrotin*, 1866, gr. in-8 à 2 col. fig. br.

PREMIÈRE ÉDITION posthume des œuvres complètes.
Bel exemplaire avec la couverture illustrée du second tirage, 1867.

10. — 2 figures in-8, de la suite de Charlet, Lemud, Pauquet, etc. pour les *Œuvres. Paris, Perrotin*, 1847.

Le *Grenier*, les *Pauvres Amours*, en ÉPREUVES D'ARTISTE, AVANT TOUTE LETTRE, tirées sur PAPIER VÉLIN FORT; on y a joint 1 épreuve avec la lettre du *Grenier*.

11. BERQUIN. Idylles de M. Berquin. *Paris, Ruault*, 1775, 2 vol. in-12, front. et 24 fig. par Marillier, grav. par Marillier, de Ghendt, Gaucher, Le Gouaz, Delaunay, Lebeau, Masquelier, Née et Ponce, v. ant. marb. fil. tr. dor.

Figures AVANT LES NUMÉROS. Mouillure au tome I⁽ᵉʳ⁾.

12. — Romances, par M. Berquin. *Paris, Ruault*, 1776, in-12, front. et 6 fig. par Marillier, gr. par Delaunay jeune et Ponce, et 6 ff. de musique gr. v. ant. marb. fil. tr. dor.

Exemplaire sur PAPIER DE HOLLANDE, avec les figures AVANT LES NUMÉROS.

13. BOCCACE. Contes, traduits de l'italien et précédés d'une notice historique par A. Barbier. *Paris, Barbier*, 1846, in-8, front. et fig. br. couverture.

PREMIER TIRAGE.

14. — Les Dix Journées. Traduction de Le Maçon, réimprimée par les soins de D. Jouaust avec notice, notes et glossaire par M. Paul Lacroix. Eaux-fortes de Flameng. *Paris, Librairie des bibliophiles*, 1873, 4 vol. in-12, portr. et fig. mar. vert, dos orné, fil. tr. dor. (*Belz-Niedrée.*)

Exemplaire sur PAPIER DE CHINE.

15. — 5 figures in-8 de la suite de Gravelot, pour le *Décaméron*, 1757.

4 de ces figures sont AVANT LE NOM DES ARTISTES.

16. Boileau Despréaux. Œuvres avec des éclaircissements historiques donnez par lui-même. Nouvelle édition... enrichie de figures, gravées par Bernard Picart. *Amsterdam, Chanquion,* 1743, 2 vol. in-8, portr. et fig. v. f. ant.

17. — Œuvres complètes. *Paris, stéréotype d'Herhan,* 1813, 3 vol. in-8, portrait et fig. de Moreau le Jeune, v. rac. dent. tr. dor.

18. — Suite de 1 portrait gravé par A. de Saint-Aubin, et de 6 figures in-8 de Moreau, gravées par Delvau, de Ghendt et Simonet, pour le *Lutrin,* Paris, Renouard, 1807.
Épreuves avant la lettre (sauf le portrait), avec marges.

19. Bonnardot (A.). Études archéologiques sur les anciens plans de Paris des xvie, xviie et xviiie siècles. — Dissertations archéologiques sur les anciennes enceintes de Paris. *Paris,* 1851-1853, 2 vol. in-4 et appendice, br.
Ouvrages d'une très grande importance pour la topographie et l'histoire de l'ancien Paris.

20. Boufflers. Œuvres complètes. *Paris. Furne,* 1827, 2 vol. in-8, portr. par Devéria, gr. par Éthiou, demi-rel. v. gris, tr. marb. (*Masquelier.*)
Exemplaire en papier fin de Hollande.

21. Briffault. Le Secret de Rome au xixe siècle : le Peuple, la Cour, l'Église. *Paris, Boizard,* 1846, in-8, front. et fig. cart. dos et coins de perc. verte, non rog.
Exemplaire cartonné sur brochure avec sa couverture.

22. Cahier des charges des chemins de fer. Pamphlet illustré par Bertall. 2e édition. — Histoire du véritable Gribouille, par George Sand, vignettes par M. Sand. — Le Royaume des roses par Ars. Houssaye, vignettes par Gérard Séguin. *Paris, Hetzel et Blanchard,* 1847-1851. — Ens. 3 vol. pet. in-8, fig. br.

23. Cantiques et Pots-Pourris. *Londres,* 1789, 2 parties en 1 vol. in-18, front. et fig. musique gravée, mar. r. fil. tr. dor.
Les 6 jolies gravures non signées qui ornent cet ouvrage sont de Borel.
Exemplaire de la bonne édition sous cette date.

24. Cellarius. La Danse des salons, dessins de Gavarni, gravés par Lavieille. Deuxième édition. *Paris, chez l'auteur,* 1849, pet. in-8, fig. br.

25. Cellini (Benv.). Suite de 1 portrait, 8 eaux-fortes in-8 de La Guillermie et 9 en-têtes et culs-de-lampe en or, argent et bronze, pour les *Mémoires. Paris, Quantin.*
Premières épreuves avant toute lettre sur papier du Japon, tirées à part à 50 exemplaires.

26. **Cent Nouvelles nouvelles (les).** Suivent les cent Nouvelles contenant les cent Histoires nouveaux, qui sont moult plaisants à raconter en toutes bonnes compagnies, avec d'excellentes figures en taille-douce, gravées sur les dessins du fameux Romain de Hooge. *Cologne, P. Guillard (Holl.)* 1701, 2 vol. pet. in-8, fig. mar. r. dos orné, fil. dent. int. tr. dor. (*Chambolle-Duru.*)
Premier tirage.

27. — Le même ouvrage, même édition, 2 vol. in-12, front. et fig. mar. r. dos orné, fil. tr. dor. (*Hardy.*)
Premier tirage.

28. **Champagnac et Olivier (MM.).** Voyage autour du monde, illustré de 22 gravures, par MM. Rouargue frères. *Paris, Morizot,* 1858, gr. in-8, fig. cart. avec fers spéciaux, tr. dor.

29. **Champfleury.** Grandeur et décadence d'une serinette. Illustré par Desbrosses. *Paris, Blanchard,* 1857, in-8, demi-rel. mar. vert avec coins, non rog.

30. **Chevigné (le comte de).** Les Contes rémois, dessins de E. Meissonier. *Paris, Michel Lévy,* 1858, pet. in-8, portr. et vignettes, mar. orange, dos orné, fil. dent. int. tr. dor. (*Hardy.*)
Bel exemplaire du premier tirage.

31. **Cohen.** Guide de l'amateur de livres à vignettes et à figures du xviiie siècle. *Paris, Rouquette,* 1880. in-8 à 2 col. cart. dos et coins de perc. non rog.

32. **Coppée (Fr.).** Suite de 1 portrait et de 14 figures in-8 de François Flameng et de Tofani, pour les *Œuvres. Paris, Hébert,* 1885.
Superbes épreuves in-fol. sur chine en 3 états : avec la lettre, avant la lettre et EAUX-FORTES.
L'eau-forte de l'*Abandonnée*, manque.

33. **Corneille (Pierre et Thomas).** Suite de 2 portraits par Saint-Aubin et de 23 figures in-8, par Moreau et 1 figure par Prudhon, pour les *Œuvres. Paris, Renouard,* 1817.
Superbes épreuves, dont 3 sont avant la lettre.
On y a joint 6 figures de la même suite, épreuves avant la lettre.
Pièces à toutes marges.

34. — Œuvres, précédées d'une notice sur sa vie et ses ouvrages par Fontenelle. *Paris, Furne,* 1858, in-8, fig. de Bayalos, chag. grenat, semis de croizettes sur le dos et les plats, tr. dor.

35. **Dantan jeune.** Les Dominotiers. Suite de 56 caricatures sur Chine, dont 54 accompagnées d'une légende en vers, précédée d'une épître de M. L. Jousserandot. *Paris,* 1848, in-fol. front. et pl. lithographiés, demi-rel. chag. brun.
Texte et planches montés sur onglets. Tiré à 70 exemplaires.

36. Delille (J.). L'Homme des champs ou les Géorgiques françaises. *A Paris, chez Giguet et Michaud et chez Nicolle*, 1809, in-12, 4 fig. par Catel gr. par Bouquet, mar. r. à long grain, dent. fil. tr. dor.

37. — Les Trois Règnes de la nature, avec des notes par M. Cuvier, de l'Institut, et autres savants. *A Paris, chez Giguet et Michaud et à la Librairie stéréotype, chez H. Nicolle*, 1809. 2 vol. in-12, portr. fig. par Mirys et Moreau, mar. r. à long grain, tr. dor.

Exemplaire sur papier vélin, avec les figures avant la lettre.

38. Delord (Taxile), Clément Caraguel et Louis Huart. Messieurs les Cosaques. 100 vignettes par Cham. *Paris, V. Lecou*, 1855, 2 vol. in-12, fig. br. couvertures imprimées.

Premier tirage.

39. Delvau (Alfr.). Les Heures parisiennes, 25 eaux-fortes d'Émile Benassit. *Paris, Marpon et Flammarion*, 1882, in-12, fig. br.

Exemplaire de Charles Monselet.

40. Demidoff (A. de). Voyage dans la Russie méridionale et la Crimée, par la Hongrie, la Moldavie et la Valachie, orné de gravures dessinées par Raffet. *Paris, Bourdin*, 1840, in-8, fig. br. couverture.

Première édition.

41. Diderot. Les Bijoux indiscrets. *Au Monomotapa, s. d. (Paris*, 1748), 2 vol. in-12, fig. v. ant. marb.

Première édition sous cette date.

42. Dorat. Les Baisers, précédés du Mois de mai. *A La Haye, et se trouve à Paris chez Delalain*, 1770, in-8, front. par Eisen gr. par Ponce, 1 fleuron sur le titre, 23 vign. et 22 culs-de-lampe par Eisen, gr. par Aliamet, Baquoy, Binet, Delaunay, Lingée, de Longueil, Masquelier, Massard, Née et Ponce, mar. r. jans. dent. int. tr. dor.

43. Doré (G.) et Blanchard Jerrold. London, a Pilgrimage. *London*, 1872, in-fol. papier vélin teinté, planches, cart. fers spéciaux.

44. Du Camp (Max.). Paris, ses organes, ses fonctions et sa vie, dans la seconde moitié du XIXe siècle. *Paris, Hachette*, 1869-1875, 6 vol. in-8, demi-rel. mar. grenat, tête dor. non rog.

45. Delaure. Esquisses historiques des principaux événements de la Révolution française, depuis la convocation des États Généraux jusqu'au rétablissement de la maison de Bourbon.

Paris, Baudouin, 1823, 4 vol. in-8 (tomes I à IV), portr. fig. par Couché fils, demi-rel. v. violet, non rog.

46. Dumas (Alex.). Le Capitaine Pamphile. Édition illustrée de 103 vignettes dont 26 hors texte par Bertall. *Paris, Calmann Lévy. s. d.* in-8, fig. br.

47. Dupont (Pierre). 16 figures in-8 par T. Johannot, Andrieux et Nanteuil, pour les *Chants et Chansons. Paris, Houssiaux*, 1852.

Épreuves d'artiste AVANT TOUTE LETTRE, tirées sur PAPIER VÉLIN FORT, à toutes marges.

48. Du Rosoi. Les Sens, poème en six chants. *Londres (Paris)*, 1766, in-8, fig. vignettes et culs-de-lampe d'Eisen et de Wille, mar. vert, dos orné, fil. dent. int. tr. dor. (*Hardy.*)

PREMIÈRE ÉDITION.

49. Eschyle. Traduction nouvelle par Leconte de Lisle. *Paris, Lemerre*, 1872, in-8, br.

Exemplaire sur CHINE.

50. Exposition des Beaux-Arts. Salons de 1880 et 1881. *Paris, Lud. Baschet*, 1880-1881, 2 vol. gr. in-8, planches en photogravure par Goupil et dessins hors texte, demi-rel. vélin blanc avec coins, non rog.

Les deux premières années.

51. Fénelon. Les Aventures de Télémaque avec vingt-cinq figures dessinées par Marillier et gravées sous sa direction par les meilleurs artistes. *Paris, Crapelet, an IV*, 2 vol. in-8, fig. demi-rel. bas. verte, non rog.

Exemplaire sur PAPIER FORT, figures AVANT LA LETTRE.

52. — Les Aventures de Télémaque avec des notes et vingt-cinq figures en taille-douce. *Paris, Ancelle*, 1798, 2 vol. in-4, fig. demi-rel. bas.

Figures non signées, gravées d'après Monnet.

53. — Les Aventures de Télémaque, suivies des Aventures d'Aristonoüs, précédées d'un Essai sur la vie et les ouvrages de Fénelon par M. Jules Janin. Édition illustrée. *Paris, Bourdin, s. d.* in-8, portr. et fig. cart. dos et coins de perc. non rog.

Bel exemplaire cartonné sur brochure avec sa couverture.

54. — Suite de 1 portrait gravé par Hubert d'après Vivien, et de 24 figures in-8 de Marillier, gravées par de Ghendt, Dambrun, Palas, Dupréel, Masquelier, Pauquet, Delvaux, Baquoy, Pons, Langlois, pour les *Aventures de Télémaque.*

Belles épreuves AVANT LA LETTRE, sur PAPIER VÉLIN, non rognées.

55. Fénelon. Suite de 1 portrait par Saint-Aubin, et de 25 figures in-8 de Moreau le Jeune, gravées par Simonet et de Ghendt pour les *Aventures de Télémaque*.

Belles épreuves non rognées, publiées par Renouard.

56. Florian. Numa Pompilius, second roi de Rome. *A Paris, Didot l'aîné*, 1786, in-16, front. gr. de Queverdo, mar. r. fil. tr. dor. (*Rel. anc.*)

Exemplaire sur papier vélin.

57. France galante (la), ou Histoires amoureuses de la cour sous le règne de Louis XIV. *A Cologne, chez Pierre Marteau, s. d.* (1737), 2 vol. pet. in-12, titre r. et noir, fig. mar. r. dos orné, fil. dent. int. tr. dor. (*Hardy.*)

A la suite de cet ouvrage se trouvent : Suite de la France Galante ou les derniers dérèglements de la cour. — Les Vieilles Amoureuses.

Dans le second volume qui porte le titre de : Amours des dames illustres de France sous le règne de Louis XIV, se trouvent : Le Perroquet ou les Amours de Mademoiselle. — Junonie, ou les Amours de Mme de Bagneux. — Les fausses prudes ou les Amours de Mme de Brancas et autres dames de la cour. — La Déroute et l'adieu des filles de joye, etc... — Requête des filles d'honneur persécutées à Madame D. L. V. — Le Passe-temps royal ou les Amours de Mlle de Fontange. — Les Amours de Mme de Maintenon. — Les Amours de Mgr le Dauphin avec la comtesse du Roure.

58. Froissart. Les Chroniques. Édition abrégée avec texte rapproché du français moderne par Mme de Witt, née Guizot. *Paris, Hachette*, 1881, in-4, fig. et chromos, en feuilles dans un carton.

Exemplaire sur papier vélin.

59. Fromageot. Anecdotes de la bienfaisance, ou Annales du règne de Marie-Thérèse. *A Paris, chez Nyon l'aîné et La Porte*, 1777, in-8, vignettes et fig. par Moreau, mar. vert, dos orné, fil. dent. int. tr. dor. (*Capé.*)

60. Galerie de Florence. Tableaux, statues, bas-reliefs et camées de la Galerie de Florence et du Palais Pitti, dessinés par Wicar et gravés sous la direction de E. L. Masquelier, avec les explications par Mongez. *Paris, Masquelier*, 1804, 4 tomes en 2 vol. in-fol. demi-rel. chag. r. ébarbé.

Exemplaire sur papier vélin, épreuves avec la lettre grise.

61. — de S. A. R. Mme la duchesse de Berry. École française, peintres modernes, lithographiée sous la direction de M. le chevalier Bonnemaison. *Paris, Didot l'aîné*, 1822, in-fol. planches, cart.

99 planches sur chine. Taches d'humidité.

62. Gautier (Théophile). Mademoiselle de Maupin, avec quatre dessins de M. E. Giraud. *Paris, Charpentier*, 1878, 2 vol. in-16, fig. mar. vert, dos orné, fil. tête dor. non rog. (*Pouillet.*)

Exemplaire sur papier de Hollande avec la suite en deux états : avec et AVANT LA LETTRE.

63. GAVARNI. OEuvres nouvelles : les Bohèmes, les Propos de Thomas Vireloque, les Parents terribles, Messieurs du feuilleton, Études d'androgynes. Suite de 79 figures avec le texte. *Paris, Librairie nouvelle*, s. d. in-fol. cart. perc. r. tr. dor.

64. GAZETTE DES BEAUX-ARTS. Courrier européen de l'art et de la curiosité. *Paris*, 1869-1884, 31 vol. gr. in-8, fig. planches, etc., demi-cart. percal. non rog.

Deuxième période : XI⁰-XXVI⁰ années.

65. GIRON (Aimé). Le Sabot de Noël, légende. Compositions et gravures par Léopold Flameng, avec une préface par M. Jules Janin. *Paris, Ducrocq*, s. d. gr. in-8, fig. demi-rel. mar. r. avec coins, non rog.

Exemplaire relié sur brochure avec sa couverture.

66. GOETHE. Les Souffrances du jeune Werther, traduites par le comte Henri de La B... (La Bédoyère). *Paris, Crapelet*, 1845, in-8, fig. par Tony Johannot, gravées par Burdet, mar. r. dos orné, fil. dent. int. tr. dor. (*Allô.*)

On a ajouté aux 4 figures de l'édition la 2ᵉ suite des 10 figures in-8, gravées à l'eau-forte par Tony Johannot, épreuves sur CHINE AVANT LA LETTRE, et la suite des 3 figures in-8, de Moreau le Jeune, de l'édition de 1809, également AVANT LA LETTRE.

67. GRAFFIGNY (Mᵐᵉ de). Suite de 8 figures de Lefèvre gravées par Coiny pour les *Lettres d'une Péruvienne. Paris, Didot, an V* (1797).

Belles épreuves AVANT LA LETTRE SUR GRAND PAPIER VÉLIN, tirées à deux sur la même feuille, non rognées.
On y a joint un portrait non signé (par Launay).

68. GRAVELOT et COCHIN. Iconologie par figures ou Traité complet des allégories, emblèmes, etc. A *Paris, chez Lattré, graveur*, s. d. 4 vol. in-12, titres et fig. gr. demi-rel. v. ant.

69. GRESSET. Suite de 1 portrait et 6 figures in-4 de Monnet. *Paris, Volland*, 1793 et 1794.

Belles épreuves AVANT LA LETTRE, non rognées.

70. GUÉRANGER (Dom). Sainte Cécile et la Société romaine aux deux premiers siècles. *Paris, Didot*, 1874, gr. in-8, fig. et chromos, demi-rel. mar. grenat avec coins, dos orné, tête dor. non rog. (*Raparlier.*)

Exemplaire en GRAND PAPIER.

71. GUILLAUMOT fils. Portraits contemporains. Lettres, théâtre et arts, gravés à l'eau-forte par Guillaumot fils. *Paris, Conquet*, 1876, 5 livraisons gr. in-8.

1 frontispice. 23 portraits et 2 fac-similés d'écriture.
Épreuves AVANT LA LETTRE SUR CHINE VOLANT, sauf les portraits de la 1ʳᵉ livraison qui sont avec la lettre sur papier de Hollande.

72. HAMILTON. Mémoires du comte de Grammont, avec notice, variantes et index par Henri Motheau. *Paris, Lemerre*, 1876, in-12, portr. br.

Exemplaire sur PAPIER DE CHINE.

73. HÉSIODE. Hymnes orphiques, Théocrite, Bion, Moskhos, Tyrtée, Odes anacréontiques. Traduction nouvelle par Leconte de Lisle. *Paris, Lemerre*, 1869, in-8, br.

Exemplaire sur PAPIER DE CHINE.

74. HOMÈRE. Iliade et Odyssée, traductions par Leconte de Lisle. *Paris, Lemerre*, 1867-68, 2 vol. in-8, br.

Un des six exemplaires sur PAPIER DE CHINE.

75. HURTADO DE MENDOZA. Aventures et espiègleries de Lazarille de Tormes, écrites par lui-même. *A Paris, Didot jeune, an IX* (1801), 2 vol. in-8, 40 fig. par Ransonnette, demi-rel. mar. br. avec coins, dos orné, fil. tête dor. ébarbé. (*Raparlier.*)

76. ILLUSTRATION (l') nouvelle, par une société de peintres-graveurs à l'eau-forte. *Paris, Cadart*, 1873-1876, pl. in-fol. 4 années (V-VIII) complètes, en fascicules.

77. IMBERT. Historiettes ou nouvelles en vers. *A Amsterdam*, 1774, in-8, titre, figure et 3 vignettes par Moreau le Jeune, demi-rel. bas.

78. — Le Jugement de Pàris, poème en 4 chants par M. Imbert. *Amsterdam*, 1774, in-8 de 66 pp. titre gr. et 4 fig. par Moreau, gr. par Née, Duclos, Masquelier et Delaunay, et 4 vign. par Choffard, mar. grenat, dos orné, fil. dent. int. tr. dor. (*Petit.*)

79. JOINVILLE (Jean sire de). Histoire de saint Louis, Credo et lettre à Louis X, texte original accompagné d'une traduction par M. Natalis de Wailly. *Paris, Firmin Didot frères*, 1874, gr. in-8, chromos, demi-rel. mar. r. avec coins, dos orné, fil. tête dor.

Exemplaire tiré sur PAPIER A LA FORME auquel on a ajouté l'analyse historique et littéraire de Marius Sepet.

80. LABARTE (J.). Histoire des arts industriels au moyen âge et à l'époque de la Renaissance. *Paris, A. Morel*, 1864-1866, 4 vol. de texte avec gravures sur bois et 2 albums de planches, la plupart en chromo. — Ens. 6 vol. in-4, demi-rel. mar. r. avec coins, dos orné, fil. non rog. (*Raparlier.*)

Exemplaire sur PAPIER VÉLIN (nº 3 sur 100).

81. LA BRUYÈRE. Les Caractères de Théophraste traduits du grec, avec les Caractères ou les mœurs de ce siècle. 9e édition,

*

revue et corrigée. *Paris, Est. Michallet*, 1696, in-12, mar. r.
dos orné, fil. tr. dor. (*Thibaron.*)

Bel exemplaire de la dernière ÉDITION ORIGINALE. Elle était sous presse quand La Bruyère mourut.

82. LA BRUYÈRE. Suite de 1 portrait et de 17 vignettes en-têtes
de pages, dessinés et gravés à l'eau-forte par Foulquier pour
les *Caractères. Tours, Mame*, 1867.

Épreuves tirées à part sur CHINE VOLANT, gr. in-8.

83. LA FONTAINE. Contes et nouvelles. Nouvelle édition... publiée
par Mathieu Marais. *Paris, Delahays*, 1858, in-12, portr. cart.
perc. non rog.

Exemplaire en GRAND PAPIER VÉLIN.

84. — Contes avec illustrations de Fragonard. Réimpression de
l'édition de Didot, 1795, revue et augmentée d'une notice par
M. Anatole de Montaiglon. *Paris, Lemonnyer*, 1883, 2 vol. in-4,
portr. et fig. en feuilles.

Exemplaire en PAPIER DE HOLLANDE.

85. — 5 figures in-8 de la suite d'Eisen, pour les *Contes* (1762).

Oraison de saint Julien, la Clochette, la Servante justifiée, etc.

86. — Suite de 1 titre, 2 portraits, 57 figures in-4, 1 cul-de-lampe
et 1 table, gravés par Martial d'après Honoré Fragonard, desti-
nés à orner les *Contes*, édition Didot, 1795. *Paris, Rouquette.*
10 livraisons in-fol. dans un carton.

Épreuves en noir AVANT LA LETTRE, sur PAPIER DE HOLLANDE.

87. — Fables choisies, mises en vers par J. de La Fontaine,
nouvelle édition gravée en taille-douce, les figures par le sieur
Fessard, le texte par le sieur Montulay, dédiée aux enfants
de France. *Paris, chez l'auteur*, 1765-1775, 6 tomes en 3 vol.
in-8, front. écusson au tome I, 244 fig. 243 vign. et 229 culs-
de-lampe, en tout 718 pièces par Bardin, Bidault, Caresme,
Desrais, Houël, Huet, Kobell, Leclère, Leprince, Loutherbourg,
Meyer et Monnet, v. f. dos orné, fil. dent. int. tr. dor. (*Petit,
succ. de Simier.*)

PREMIER TIRAGE.

88. — Fables publiées par D. Jouaust avec une introduction par
Saint-René Taillandier, ornées de douze dessins. *Paris, Libr.
des bibliophiles*, 1873, 3 vol. in-8, portr. et fig. cart. dos et
coins de perc. non rog.

Édition des Douze Peintres.
Exemplaire en PAPIER DE CHINE, contenant la suite des figures en deux états.

89. LA FONTAINE. 9 figures in-8, in-4 et in-fol. par Marillier, Le Prince, Alès, Nargeot, Lemaître, pour les *Fables*.

3 de ces pièces sont tirées de l'*Artiste* : le Corbeau et le Renard, le Lièvre et les Grenouilles, et le Loup et l'Agneau. Belle pièce in-folio gravée par Lemaître d'après le comte Turpin de Crissé, *le Berger et la Mer*, etc.

90. — Suite de 12 figures in-8, ornementées, dont 1 frontispice avec portrait, par Bergeret, gravées par Pigeot, Pauquet, Duparc, Aze, etc., pour les *Fables, édition de Charles Nodier. Paris, Eymery*, 1818.

Un des 25 exemplaires sur PAPIER VÉLIN; superbes épreuves AVANT LA LETTRE, tirées à part in-4.

91. — Suite de 1 portrait et 72 eaux-fortes d'après Oudry, pour les *Fables. Paris, Lemerre*.

Tirage in-4 sur CHINE.

92. — Suite de 1 portrait et de 50 vignettes en-têtes de pages, dessinés et gravés à l'eau-forte par Foulquier pour les *Fables. Tours, Mame*.

Épreuves tirées à part sur CHINE VOLANT, gr. in-8.

93. LAMARTINE (Alph. de). Le Dernier Chant du Pèlerinage d'Harold. *Paris, Dondey-Dupré*, 1825, in-8, papier vélin, demi-rel. mar. br. fil. tête dor. ébarbé, couverture. (*Pouillet*.)

ÉDITION ORIGINALE.

94. LAUJON (de). Les A-propos de société ou chansons de M. L***. *S. l. (Paris)*, 1776, 2 vol. in-8. — Les A-propos de la folie ou chansons grotesques, grivoises et annonces de parade. *S. l. (Paris)*, 1776, 1 vol. — Ens. 3 vol. in-8, fig. vignettes et culs-de-lampe par Moreau, etc., v. ant. gran. fil.

Exemplaire du duc D'AUMONT, dont les armoiries se trouvent sur le dos des volumes.

95. LAVALETTE. Fables illustrées par Grandville, suivies de poésies diverses illustrées par Gérard Seguin. *Paris, Hetzel*, 1841. in-8, fig. br.

PREMIER TIRAGE.

96. LE SAGE. Le Diable boiteux. Seconde édition. *Paris, V{ce} Barbin*, 1707, in-12, front. mar. r. dos orné, fil. tr. dor. (*Quinet*.)

Légère restauration dans la marge intérieure du titre.

97. — Histoire de Gil Blas de Santillane avec des notes historiques et littéraires par M. le Cte François de Neufchâteau. *Paris, Lefèvre*, 1820, 3 vol. in-8, fig. de Desenne, bas. jasp.

98. — Histoire de Gil Blas de Santillane, vignettes par Jean Gi-

goux. *Paris, Paulin*, 1835, in-8, fig. demi-rel. mar. gren. avec coins, fll. tête dor. non rog.

PREMIER TIRAGE.

99. LE SAGE. Suite de 20 figures gr. in-8, de Gavarni, gravées par Colin, Nargeot, Willmann, Outhwaite, Delannoy, etc. pour l'*Histoire de Gil Blas. Paris, Morizot*, 1862.

Tirage de Lemercier sur CHINE, in-folio.

100. — Suite de 16 figures in-12, dont 1 portrait, par Henri Pille, gravées à l'eau-forte, par Monziès, pour *Gil Blas. Paris, Lemerre*, in-8, dans un carton.

Épreuves AVANT LA LETTRE SUR CHINE VOLANT, tirées grand in-8.

101. LETTRES d'Abailard et d'Héloïse. Traduites sur les manuscrits de la Bibliothèque royale, par E. Oddoul, précédées d'un essai historique, par M. et Mme Guizot. *Paris, Houdaille*, 1839, 2 vol. in-8, front. et fig. demi-rel. mar. La Vall. tête dor. ébarbé. (*Raparlier*.)

PREMIER TIRAGE.

102. LIVRE (le). Revue mensuelle. Octave Uzanne, rédacteur en chef. *Paris, Quantin*, 1880-1886, 7 années en fascicules, fig. et planches gravées, in-8, br.

103. MACHAUD (J.-B.). Éloges et discours sur la triomphante réception du roy en sa ville de Paris, après la réduction de La Rochelle : accompagnez des figures tant des Arcs de triomphe que des autres préparatifs. *Paris, Pierre Rocolet*, 1629, in-fol. titre r. et noir, fig. d'Abr. Bosse, Melch. Tavernier et P. Firens, vélin.

Volume orné de jolies planches. Mouillures.

104. MALHERBE. Poésies rangées par ordre chronologique, avec un discours préliminaire et des remarques historiques et critiques (par C. H. Le Fèvre de Saint-Marc). *Paris, J. Barbou*, 1757, in-8, portr. mar. br. jans. dent. int. tr. dor. (*David.*)

Bel exemplaire sur GRAND PAPIER et réglé, avec 14 portraits ajoutés : Malherbe, publié par Renouard, LETTRE GRISE; Henri IV, par Saint-Aubin; Henri IV, par Moncornet; Racan, par Delvaux; Jeanne d'Arc, portrait dit *au bûcher*; Anne d'Autriche, par Bonvoisin : etc.

105. MANGIN (Arthur). Les Jardins. Histoire et description. Dessins par Anastasi, Daubigny, V. Foulquier, Français, etc. *Tours, Mame*, 1887, in-fol. planches, cart. percal. r. non rog.

106. MARGUERITE DE VALOIS. Les Nouvelles de Marguerite, reine de Navarre. *Berne, chez la Nouvelle Société typographique*, 1780-1781, 3 vol. in-8, front. par Dunker, gr. par Eichler, 73 fig.

par Freudenberg gr. par Guttenberg, Halbou, Henriquez, de
Launay jeune, de Longueil, Le Roy, Mmes Duflos et Thiébault,
72 vignettes et 72 culs-de-lampe par Dunker, gr. par lui-même,
Eichler, Pillet et Richter, mar. vert, dos orné, fil. large dent. et
dent. int. tr. dor. (*Thibaron-Joly.*)

107. MARGUERITE DE VALOIS. Les Sept Journées de la reine de Navarre, suivies de la huitième, avec une notice et des notes par
P. Lacroix, et des planches à l'eau-forte par Flameng. *Paris,
Librairie des bibliophiles*, 1872, 4 vol. in-16, portr. fig. mar. r.
dos orné, fil. dent. int. tr. dor. (*Belz-Niedrée.*)

Un des 25 exemplaires sur PAPIER DE CHINE avec les figures AVANT LA
LETTRE.

108. MARIUS MICHEL. La Reliure française depuis l'invention de
l'imprimerie jusqu'à la fin du XVIIIe siècle. *Paris, Morgand et
Fatout*, 1880-1881, 2 vol. in-4, planches et nombr. bois dans le
texte, br.

109. MOLIÈRE. Œuvres, précédées d'une notice sur sa vie et ses
ouvrages par M. Sainte-Beuve. Vignettes par Tony Johannot.
Paris, Paulin, 1835-36, 2 vol. in-8, portr. et fig. br. couvertures.

PREMIER TIRAGE.
Le portrait et quelques ff. sont fortement tachés de rouille.

110. — Le Théâtre de Jean-Baptiste Poquelin de Molière, colla-
tionné minutieusement sur les premières éditions et sur celles
des années 1666, 1674 et 1682, orné de vignettes gravées à l'eau-
forte, d'après les compositions de différents artistes, par Frédéric Hillemacher. *Lyon, Nicolas Scheuring*, 1864-1870, 8 vol.
in-8, titr. r. et noir, portr. fig. mar. r. fil. à froid, dent. int.
tr. dor. (*Lortic.*)

Exemplaire sur GRAND PAPIER, avec les vignettes AVANT LES NOMS DES
ARTISTES.
A la suite du VIIIe volume se trouve la plaquette : Receptio publicau-
nius juvenis medici in academia burlesca Joannis Baptistæ Molière, Doc-
toris comici. *Lugduni, ex officina A. Lud. Perrin et Martinet*, 1870, in-8
de 23 pp. titr. r. et noir, avec front. gravé par Hillemacher et représentant
la cérémonie du Malade imaginaire.

111. — Portrait de Molière, in-8, gravé par Ficquet, d'après
Coypel.

112. — Suite de 1 portrait et de 30 figures in-8, de Moreau le
Jeune, gravés par Simonet, Roger, Croutelle, Girardet, Delvaux, Ribault, pour les *Œuvres*, édition Renouard.

Belles épreuves non rognées.

113. — Suite de 20 figures gr. in-8, de Geoffroy et M. Sand,
pour l'*édition Morizot.*

Épreuves en deux états : en noir sur CHINE et en couleur.

114. Molière. Suite de 1 portrait et 165 vignettes, gravées à l'eau-forte, d'après les compositions de différents artistes, par Frédéric Hillemacher. *Lyon, Scheuring*, 1864-1870.

Épreuves tirées à part, sur chine volant, gr. in-8.

115. — Suite de 33 portraits in-8, gravés à l'eau-forte par Hillemacher, pour la *Galerie historique des portraits des Comédiens de la troupe de Molière. Lyon, Scheuring*, 1869.

Superbes épreuves avant la lettre, sur papier de Hollande, tirées in-fol. non rognées.

116. — Suite de 34 eaux-fortes, dont 1 portrait, in-8, par A. Lalauze, pour les *Œuvres. Paris, Morgand et Fatout*, 1876, dans un carton.

Épreuves d'artiste, tirées à 80 exemplaires sur papier du Japon in-4 avec titre rouge et noir, in-8 et in-4. On y a joint 2 eaux-fortes du même artite, in-4 en travers, pour le *Malade imaginaire* et les *Précieuses ridicules*, même état.

117. — Suite de 1 portrait et 48 vignettes en-têtes de pages, dessinés et gravés à l'eau-forte par Foulquier pour les *Œuvres. Tours, Mame.*

Épreuves tirées à part sur chine volant, gr. in-8.

118. — 4 portraits de Provost dans l'*Avare, George Dandin,* les *Femmes savantes* et le *Malade imaginaire*, dessinés par Wogt, imprimés par *Lemercier, à Paris.* In-fol.

Épreuves sur chine.

118 *bis.* — 2 figures in-8 de la suite de H. Vernet pour le *Bourgeois gentilhomme* et l'*École des femmes.*

Épreuves avant la lettre sur chine, non rognées.

119. Montausier (duc de). Mémoires écrits sur les Mémoires de madame la duchesse d'Uzès, sa fille (par Nic. Le Petit). *Amsterdam, Jean Hofhout*, 1731, 2 tomes en 1 vol. in-12, portr. mar. r. dos orné, fil. tr. dor. (*Allô.*)

Exemplaire de la bibliothèque Pasquier.

120. Morel de Vindé. Primerose. *Paris, Leclère*, 1863, in-12, front. et fig. de Lefebvre, mar. vert, dos orné, fil. tr. dor. (*Hardy-Mesnil.*)

Exemplaire aux armes du prince d'Essling, avec les figures avant la lettre.

121. Musset (Alfred de). Comédies et proverbes. *Paris, Charpentier*, 1840, in-12, demi-rel. bas. non rog.

Première édition collective des comédies.

122. Nodier (Charles). Contes. *Paris, Hetzel*, 1846, gr. in-8, 8 eaux-fortes de Tony Johannot, tirées sur chine, cart. ébarbé.

Premier tirage.

123. NODIER (Charles). Histoire du roi de Bohême et de ses sept châteaux. *Paris, Delangle frères*, 1830, in-8, mar. vert foncé, dos orné, fil. tr.dor. (*Hardy.*)

Premier tirage.
Exemplaire sur papier de couleur.

124. NOGARET. Le Fond du sac ou Recueil de contes en vers et en prose et de pièces fugitives. *Paris, Leclère*, 1866, in-12, vignettes, mar. orange, dos orné, fil. dent. int. tr. dor. (*Hardy.*)

Jolie réimpression de l'édition Cazin avec les figures de Duplessis-Bertaux ; elle a été tirée à 100 exemplaires sur papier teinté.

125. NORIAC (J.). Le 101e Régiment illustré par Armand-Dumarescq, G. Janet, Pelcoq, etc. *Paris, Libr. nouvelle, Bourdilliat*, 1861, pet. in-8, fig. demi-rel. chag. brun, plats toile, tr. dor.

126. OVIDE. Les Métamorphoses, traduites et revues par Renouard, suivies de 15 discours explicatifs et de plusieurs opuscules. *Paris, Courbé*, 1651, in-fol. titre gr. portr. par Chauveau, fig. à mi-page, de Matheus, Briot, Firens, etc., vignettes, v. ant. marb.

Ouvrage recherché à cause des gravures.

127. PAGANEL (Pierre). Essai historique et critique sur la Révolution française, ses causes, ses résultats ; troisième édition revue et augmentée du gouvernement consulaire et du règne de Napoléon par M*** (Paganel). *Paris, Panckoucke*, 1815, 3 vol. in-8, demi-rel. v. br. tr. marb.

128. PERROT (G.) et Ch. CHIPIEZ. Histoire de l'art dans l'antiquité. *Paris, Hachette*, 1882-1884, 2 vol. in-4, fig. et planches en feuilles.

Tome 1er, Égypte. Tome 2e, Chaldée et Assyrie.
Exemplaire sur papier du Japon.

129. PETITOT. Les Émaux du Musée impérial du Louvre. Portraits de personnages historiques et de femmes célèbres du siècle de Louis XIV. *Paris, Blaisot*, 1862, in-8, portr. montés sur onglets, mar. bleu, dos orné, large dent. tr. dor. (*Petit-Simier.*)

Suite complète des portraits en deux états : avec et avant la lettre. On y a joint la suite des 4 portraits des maîtresses de Louis XV avec et avant la lettre, sur chine ; celui de Mme de Vintimille est en 4 états différents.
La dentelle et les armoiries de la reliure reproduisent le cartonnage original.

130. PEZAY (le marquis de). Suite de 2 en-têtes et 2 culs-de-lampe in-8, par Eisen, gravés par de Ghendt pour la *Nouvelle Zélis au bain. Genève et Paris, Merlin*, 1768.

Belles épreuves tirées à part sur papier de Hollande à deux sur la même feuille, à toutes marges.

131. Phèdre. Phædri fabularum Æsopiarum Libri quinque, notis perpetuis illustrati et cum integris aliorum observationibus in lucem editi a Johanne Laurentio. *Amstelodami, Waesberge*, 1667, in-8, front. gr. fig. à mi-page, mar. r. dos orné, fil. dent. int. tr. dor. (*Raparlier.*)

132. Philipon (Ch.) et L. Huart. Parodie du Juif-Errant). 300 vignettes par Cham. *Paris, Aubert, s. d,* (1844) in-12. fig. br.

Première édition publiée en 10 livraisons.

133. Picart (Bernard). Réunion de 8 figures allégoriques in-4, gravées par Bernard Picart de 1710 à 1724.

Pièces très jolies et très ornementées. On y a ajouté 2 figures de la même époque : *Léda* et *l'Eau*.

134. Portraits-charges de la *Lune* et autres journaux satiriques, 1865-1867, in-fol. demi-rel. bas. verte.

Album factice composé de numéros divers des journaux suivants : La Lune, le Bonnet de coton, Drolatic industry, le Bouffon, le Hanneton, etc. avec tables manuscrites.

135. Quadrins historiques de la Bible (par Claude Paradin) revuz et augmentez d'un grand nombre de figures. *A Lion, par Jean de Tournes*, 1558. — Figures du Nouveau Testament (avec des Sixains de Ch. Fontaine). *A Lion, par Jean de Tournes*, 1558. — Ens. 2 ouvrages en 1 vol. petit in-8, titres encadrés, fig. sur bois, mar. vert jans. dent. int. tr. dor. (*Thibaron.*)

Ouvrages ornés de jolies figures sur bois attribuées à Salomon Bernard, dit le Petit Bernard.

136. Quenedey. 30 portraits in-12 ovales, dessinés et gravés au physionotrace, par Quenedey et Chrétien, en 1808-1811.

137. Quinze (les) Joyes de mariage, ouvrage très ancien, auquel on a joint : le Blason des fausses amours, le Loyer des folles amours, et le Triomphe des Muses contre Amour. *La Haye, A. de Rogissart*, 1726, in-18, mar. or. fleuron sur les plats, tr. dor. (*David.*)

138. Rabelais. Suite de 12 figures in-8, dont 1 portrait, par Deveria, gravées par Leisnier, Forster, Pelée, Jehotte, Leroux, Burdet, etc., plus 1 carte du Chinonois pour les *Œuvres. Paris. Dalibon*, 1823.

Belles épreuves avant la lettre sur chine, tirées à part in-folio, à toutes marges.

139. Racine. Théâtre orné de vignettes gravées à l'eau-forte sur les dessins d'Ernest Hillemacher. *Paris, Librairie des bibliophiles*, 1873-74, 4 vol. in-8, br.

Exemplaire sur papier de Chine.

140. Racine. Œuvres. Texte original, avec variantes. Notice par
Anatole France. *Paris, Lemerre*, 1874-75, 5 vol. pet. in-12, br.
Exemplaire sur PAPIER DE CHINE, avec le portrait en 2 états.

141. — Suite de 1 portrait par Saint-Aubin d'après le buste de
Girardon, et de 12 figures in-8 de Moreau le Jeune, gravées par
Simonet, Roger, de Ghendt, Trière, pour les *Œuvres. Paris,
Renouard*.
Belles épreuves non rognées.

142. — 10 vignettes têtes de pages, de la suite de Foulquier,
pour le *Théâtre. Tours, Mame*, 1876.
Épreuves d'artiste AVANT TOUTE LETTRE sur CHINE VOLANT.

143. Reclus (Elisée). La Terre. Description des phénomènes de
la vie du globe. 2ᵉ édition. *Paris, Hachette*, 1870, 2 vol. in-8,
fig. demi-rel. v. gris, tête dor. ébarbé.

144. Recueil des plaisants devis récités par les suppôts du sei-
gneur de la Coquille. *Lyon, Louis Perrin*, 1857, in-8, mar. r.
dos orné, fil. et large dent. tête dor. non rog.
Un des deux exemplaires sur PEAU DE VÉLIN.

145. Reynaud (L.). Traité d'architecture. Première partie : Art
de bâtir. Deuxième partie : Édifices. *Paris, Dalmont et Dunod*,
1858-1860, 2 vol. in-4 de texte en demi-rel. non uniforme et
2 atlas in-fol. en feuilles.

146. Robida. La Caricature. Année 1880. *Paris*, 1880, in-fol. fig.
noires et en couleur, cart. dos et coins de perc. r. non rog.
couverture.

147. Roger (P.). La Noblesse de France aux croisades. *Paris,
Debache, Dumoulin et Bruxelles, Vandale*, 1845, in-4, fig. dans
le texte et pl. sur chine, demi-rel. vélin avec coins, non rog.

148. Roland (Mᵐᵉ). Mémoires, 2 vol. — Mémoires du marquis
de Bouillé. *Paris, Baudouin*, 1821-1823, 1 vol. — Mémoires sur le prince Le Brun, duc de Plaisance, par
M. Marie du Mesnil. *Paris, Rapilly*, 1828, 1 vol. — Ens. 4 vol.
in-8, br.

149. Rousseau (J.-J.). Suite de 1 frontispice de Cochin, gravé
par Longueil, et de 12 figures in-8 de Gravelot gravées par
Longueil, Le Mire, Ouvrier, Choffard, pour la *Nouvelle Héloïse*,
1764.
On y a joint deux gravures du temps pour le même ouvrage.

150. Saintine (X.-B.). Picciola. Eaux-fortes par Flameng. *Paris,
Hetzel, s. d.* in-8, fig. demi-rel. mar. vert, tête dor. non rog.

151. Saint-Lambert. Les Saisons, poëme. *Paris, Didot l'aîné, an IV*, 1796, gr. in-4, pap. vélin, 4 fig. par Chaudet, gr. par Morel, demi-rel. mar. r. avec coins, fil. non rog.

Exemplaire en papier vélin avec les figures avant la lettre.

152. Saint-Pierre (Bernardin de). Paul et Virginie. *Paris, Didot*, 1789, in-16, fig. de Moreau le jeune, v. ant. tr. dor.

Première édition illustrée.
Exemplaire en papier vélin d'Essonne, avec les figures coloriées.

153. — Paul et Virginie. *Paris, Didot aîné*, 1806, in-4, portr. par Lafitte gravé par Ribault, fig. par Gérard, Girodet, Isabey, Moreau et Prudhon, cart. non rog.

Exemplaire en grand papier tiré in-fol. avec les figures avant la lettre.

154. — 4 figures in-4 de la suite de Girodet, Gérard, Moreau, Isabey, pour *Paul et Virginie. Paris, Didot*, 1806.

Passage du Torrent, par Girodet; *Arrivée de La Bourdonnais*, par Gérard; *les Adieux* par Moreau; et *les Tombeaux*, par Isabey. Quatre pièces à l'état d'EAUX-FORTES, plus 1 épreuve des *Adieux* avant la lettre.

155. Saint-Pierre (Bernardin de). Suite de 8 figures in-12, en médaillon, par Dutailly, gravées par Guyot, pour *Paul et Virginie. Paris, chez Guyot, graveur et marchand d'estampes.*

Belles pièces coloriées avec une légende gravée au-dessous de chaque figure.
Épreuves sur papier de Hollande tirées à deux sur la même feuille, non rognées.

156. — 1 portrait par Girodet-Trioson, gravé par Wedgwood, 4 figures in-8 et 1 vignette de la suite de Henry Corbould, gravées par G. Corbould, Wedgwood, Engleheart, pour *Paul et Virginie, Paris, Lequien*, 1830.

3 épreuves du portrait, 2, 4 et 5 épreuves de chaque figure et vignette; ensemble 25 pièces à toutes marges.

157. — Suite de 1 portrait et 6 eaux-fortes in-12, par Hédouin, pour *Paul et Virginie. Paris, Lemerre*, 1878, in-8 dans un carton.

Épreuves avant la lettre sur papier de Hollande, tirées gran l in-8.

158. — Suite de 1 portrait et 5 eaux-fortes in-12, par Laguillermie, pour *Paul et Virginie. Paris, Jouaust*, 1879.

Épreuves avant la lettre sur chine volant, in-8.

159. Scott (Walter). Quentin Durward. Traduction de Louis Vivien. Vignettes de Th. Fragonard. *Paris, Pourrat, s. d.* (1839), in-8, fig. br. couverture.

On a joint à cet exemplaire le prospectus de l'ouvrage.

160. — Réunion de 121 figures de Raffet, A. et T. Johannot,

Cruiskshank, Desenne, Lami, etc., pour les *Œuvres*, édition de Furne, Pourrat, etc.

Ce lot comprend 1 EAU-FORTE, 34 figures AVANT LA LETTRE et 86 figures avec la lettre.
La plupart de ces pièces sont à toutes marges.

161. SEDAINE. La Tentation de saint Antoine ornée de figures et de musique. — Le Pot-pourri de Loth, orné de figures et de musique. — *Londres*, 1781. — Ens. 2 ouvrages en 1 vol. in-8, front. et fig. musique gr. v. ant. éc. fil. tr. dor.

PREMIER TIRAGE des 18 figures de Borel en épreuves AVANT LA LETTRE.

162. SÉVIGNÉ (Mme de). Suite de 1 portrait en pied et de 17 vignettes en-têtes de pages, dessinés et gravés à l'eau-forte par Foulquier pour les *Lettres choisies*. *Tours, Mame*, 1871.

Épreuves tirées à part sans texte sur CHINE VOLANT, gr. in-8.

163. SHAKESPEARE. Œuvres complètes, traduites par Fr. Victor Hugo. *Paris, Lemerre, s. d.* 16 vol. pet. in-12, front. et portr. br.

Exemplaire sur PAPIER DE CHINE.

164. SILVESTRE (Arm.). Le Conte de l'Archer, aquarelles de A. Poirson gravées par Gillot. *Paris, Lahure et Rouveyre*, 1883, in-8, fig. demi-rel. genre Bradel en mar. brun avec coins, non rog.

165. SOCIÉTÉ des Anciens Textes français. *Paris, Firmin Didot*, 1875-1881, 16 vol. in-8, cart. perc.

Brun de la Montaigue. — Les Sept Sages de Rome. — Guillaume de Palerme. — Miracles de Nostre Dame, 4 vol. — Le Débat des hérauts d'armes. — Aiol. — Le Saint Voyage de Jérusalem. — Œuvres complètes de Eustache Deschamps, Tome I. — Le Mistère du Viel Testament, 3 vol. — Elie de Saint-Gille. — Chronique du Mont Saint-Michel, tome I.

166. STIELER. Hand Atlas über alle Theile der Erde und über das Weltgebaüde in 90 Karten. Herausgegeben von Adolf Stieler. *Gotha, Justus Perthes*, 1873-1875, in-fol. cartes gravées, coloriées, et montées sur onglets, demi-rel. chag. vert.

167. TASSE (Torquato). Jérusalem délivrée, poème. Nouvelle traduction. *Paris, Musier*, 1774, 2 vol. in-8, 2 titres gr. 2 front. fig. vign. et culs-de-lampe, v. ant. éc. fil. tr. dor.

Le faux titre du 1er volume et les 3 ff. prél. sont fortement mouillés.

168. THÉATRE et Mélanges, 6 vol. in-8 et in-12, cart. ou rel.

Le Pressoir, drame par G. Sand, 1853. — Les Beaux Messieurs de Bois-Doré, drame par G. Sand et P. Meurice, 1862. — Le Fils de Gibaugier (parodie), 1863. — La Princesse de Bagdad, par Alex. Dumas fils, 1881. — L'Institution Sainte-Catherine, comédie, par Abr. Dreyfus, 1882. — Mémoires de Mlle Clairon, etc., 1822.

169. VARIN. Les Papillons. Métamorphoses terrestres des peuples de l'air. Texte par Nus et Ant. Meray. *Paris, Gabr. de Gonet,*

s. *d.* 2 vol. in-8, fig. et pl. hors texte en couleur, demi-rel.
vél. vert avec coins, non rog.

Exemplaire relié sur brochure avec les couvertures.

170. Veuillot (Louis). Jésus-Christ, avec une étude sur l'art
chrétien par E. Cartier. *Paris, Didot*, 1875, gr. in-8, fig. et
chromos, demi-rel. mar. bleu avec coins, tête dor. non rog.

Exemplaire en GRAND PAPIER.

171. Voltaire. La Pucelle d'Orléans, poème en vingt-un chants,
avec des notes, etc. *A Londres (Paris, Cazin)*, 1780, 2 vol. in-18,
vignettes de Duplessis-Bertaux, v. ant. éc. fil. tr. dor.

Exemplaire en GRAND PAPIER tiré in-8.

172. — Suite de 20 figures en-têtes de pages non signées (attribuées à Gravelot) pour la *Pucelle. S. l. (Genève)*, 1762.

Pièces remontées.

173. — La Henriade, poème, ornée de dessins lithographiques.
Paris, Dubois, 1825, in-fol. portr. et fig. papier vélin, demi-rel.
mar. r. avec coins, fil. non rog.

Beau volume orné de : 1 frontispice avec portrait, 71 portraits par Mau-
zaisse, 18 figures et 1 cul-de-lampe par H. Vernet, le tout lithographié.

174. Vues des châteaux de Fontainebleau, Chambord, Chenon-
ceaux, etc., album in-fol. de 28 planches diverses montées sur
onglets, demi-rel. mar. r.

175. Wyss. Le Robinson suisse. Traduit de l'allemand par
Mᵐᵉ Élise Voiart, précédé d'une introduction de M. Ch. Nodier,
orné de vignettes par Lemercier. *Paris, Lavigne*, 1845, in-8,
fig. demi-rel. mar. bleu avec coins, tête dor. ébarbé.

176. Zacharie. Les Quatre Parties du jour, poème traduit de
l'allemand de M. Zacharie (par Muller). *Paris, Musier*, 1769,
gr. in-8, front. 4 fig. 4 vignettes et 4 culs-de-lampe par Eisen,
gr. par Baquoy, demi-rel. cuir de Russie avec coins, dos orné,
fil. tête dor. ébarbé.

Exemplaire sur GRAND PAPIER DE HOLLANDE.

Paris. — Typ. G. Chamerot, 19, rue des Saints-Pères. — 22188.